Quadrinhas Brasileiras

Silvio Romero

ilustrações
Rosinha

Pesquisa e seleção de textos de Maria Viana

editora scipione

Gerente editorial
Sâmia Rios

Editora
Maria Viana

Editor assistente
Adilson Miguel

Revisoras
Amanda Valentin
Erika Ramires
Nair Hitomi Kayo

Editora de arte e programadora visual de capa e miolo
Marisa Iniesta Martin

Editor de imagens
Cesar Wolf

editora scipione

Av. das Nações Unidas, 7221
Pinheiros
CEP 05425-902 – São Paulo – SP

ATENDIMENTO AO CLIENTE
Tel.: 4003-3061

www.coletivoleitor.com.br
e-mail: atendimento@aticascipione.com.br

2025
ISBN 978-85-262-6354-3 – AL
CL: 735333
CAE: 209439
1.ª EDIÇÃO
10.ª impressão

Impressão e acabamento
Vox Gráfica / OP: 280040

Ao comprar um livro, você remunera e reconhece o trabalho do autor e de muitos outros profissionais envolvidos na produção e comercialização das obras: editores, revisores, diagramadores, ilustradores, gráficos, divulgadores, distribuidores, livreiros, entre outros.
Ajude-nos a combater a cópia ilegal! Ela gera desemprego, prejudica a difusão da cultura e encarece os livros que você compra.

ABDR
EDITORA AFILIADA

Dados Internacionais de Catalogação na Publicação (CIP)
(Câmara Brasileira do Livro, SP, Brasil)

Romero, Sílvio
    Quadrinhas Brasileiras / Sílvio Romero; organização de Maria Viana; ilustrações de Rosinha – São Paulo: Scipione, 2006. (Coleção Do arco-da-velha – Sílvio Romero)

    1. Poesia - Literatura infantojuvenil, I. Viana, Maria. II. Rosinha. III. Título. IV. Série.

06-2283   CDD-028.5

Índices para catálogo sistemático:
1. Poesia: Literatura infantil 028.5
2. Poesia: Literatura infantojuvenil 028.5

Estabelecimento do texto
Visando a clareza e a inteligibilidade adotamos alguns critérios na edição, procurando manter a máxima fidelidade possível ao original. Portanto, a pontuação e a colocação pronominal foram atualizadas e algumas correções gramaticais foram feitas.

Apresentação

Uma das características da literatura oral é a concisão, a possibilidade de dizer muito com poucas palavras. A quadrinha cabe perfeitamente nesse modelo, pois é composta de apenas quatro versos rimados.

A consagração dessa estrutura poética ocorreu no século XVIII. Geralmente, as quadrinhas eram cantadas ao som do violão ou nas gestas dos vaqueiros. Gesta é uma espécie de poesia heroica, usada para registrar as façanhas dos mais fortes e audaciosos. Infelizmente não temos o registro melódico desse rico material, mas algumas quadrinhas trazem ainda características de versos cantados e dançados em fandangos, como as que têm como protagonista o tatu.

Neste livro, estão reunidas 34 quadrinhas das 556 recolhidas por Sílvio Romero no Rio Grande do Sul, mas boa parte delas é conhecida também em outros estados brasileiros.

Algumas têm como tema o desejo de conquistar a pessoa amada, outras são inspiradas em elementos da natureza; algumas são satíricas, outras apresentam um final inesperado. Mas todas falam de um mundo prodigioso, repleto de imagens e ritmos que agradam crianças de todas as idades.

Boa leitura!

Maria Viana

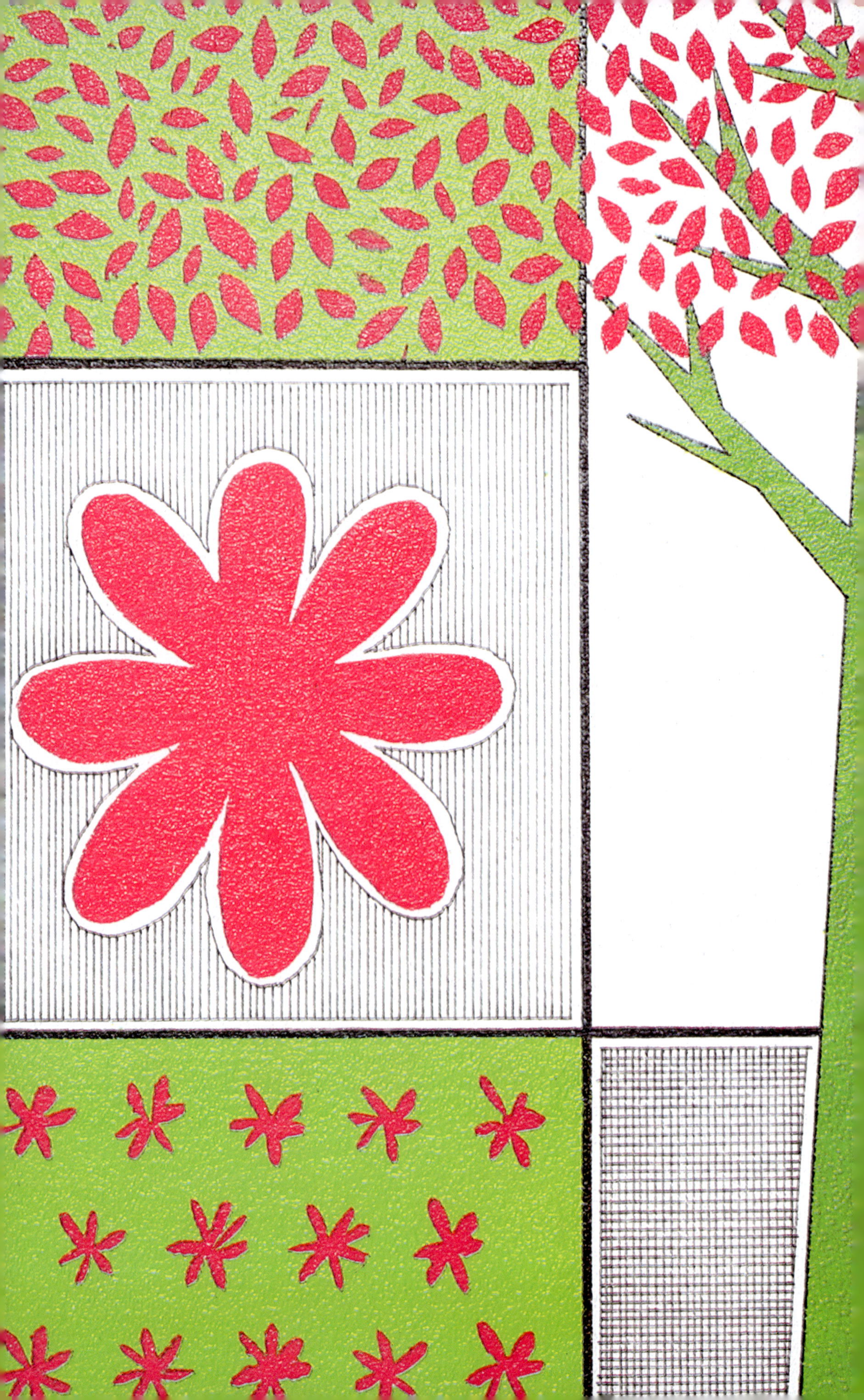

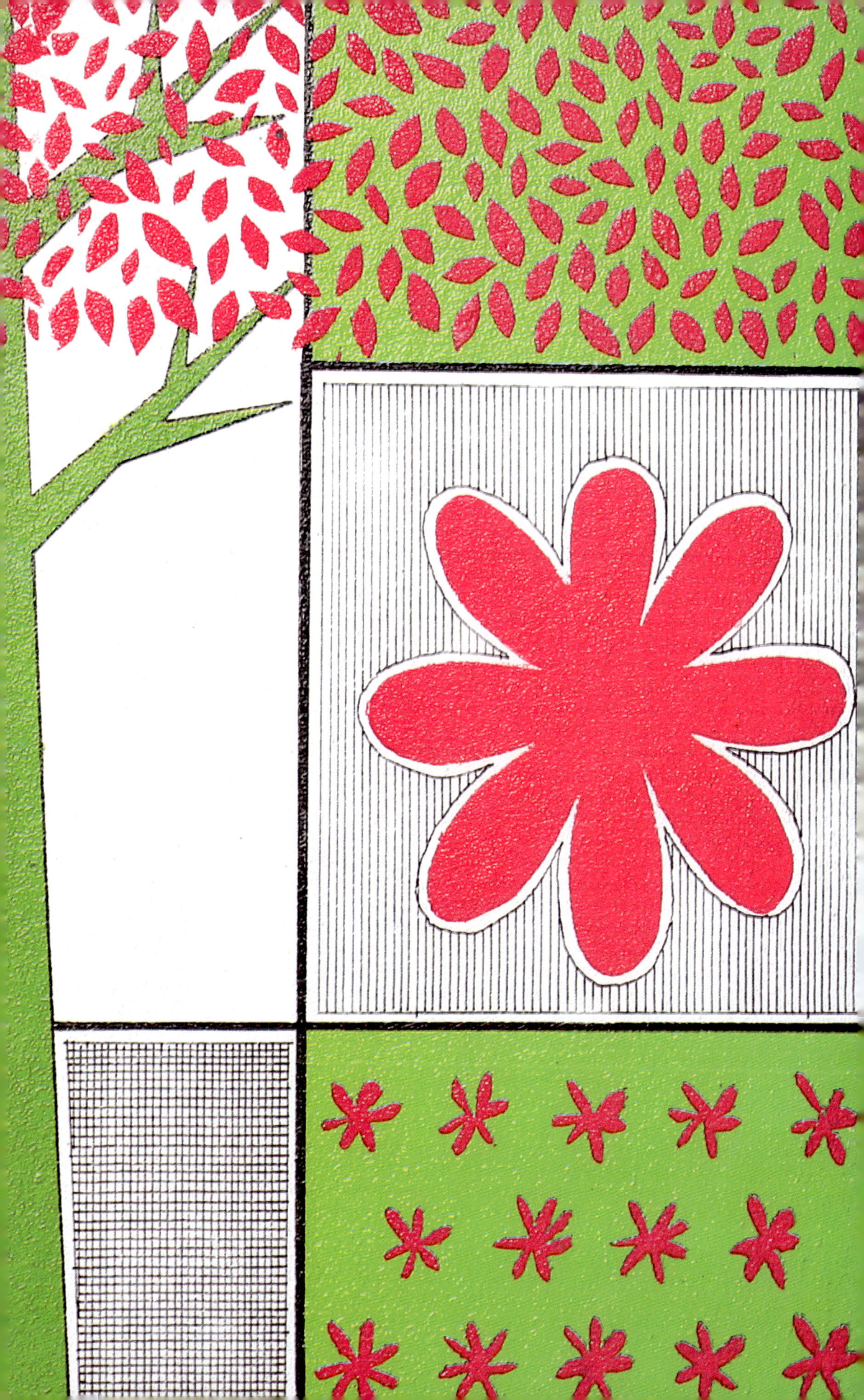

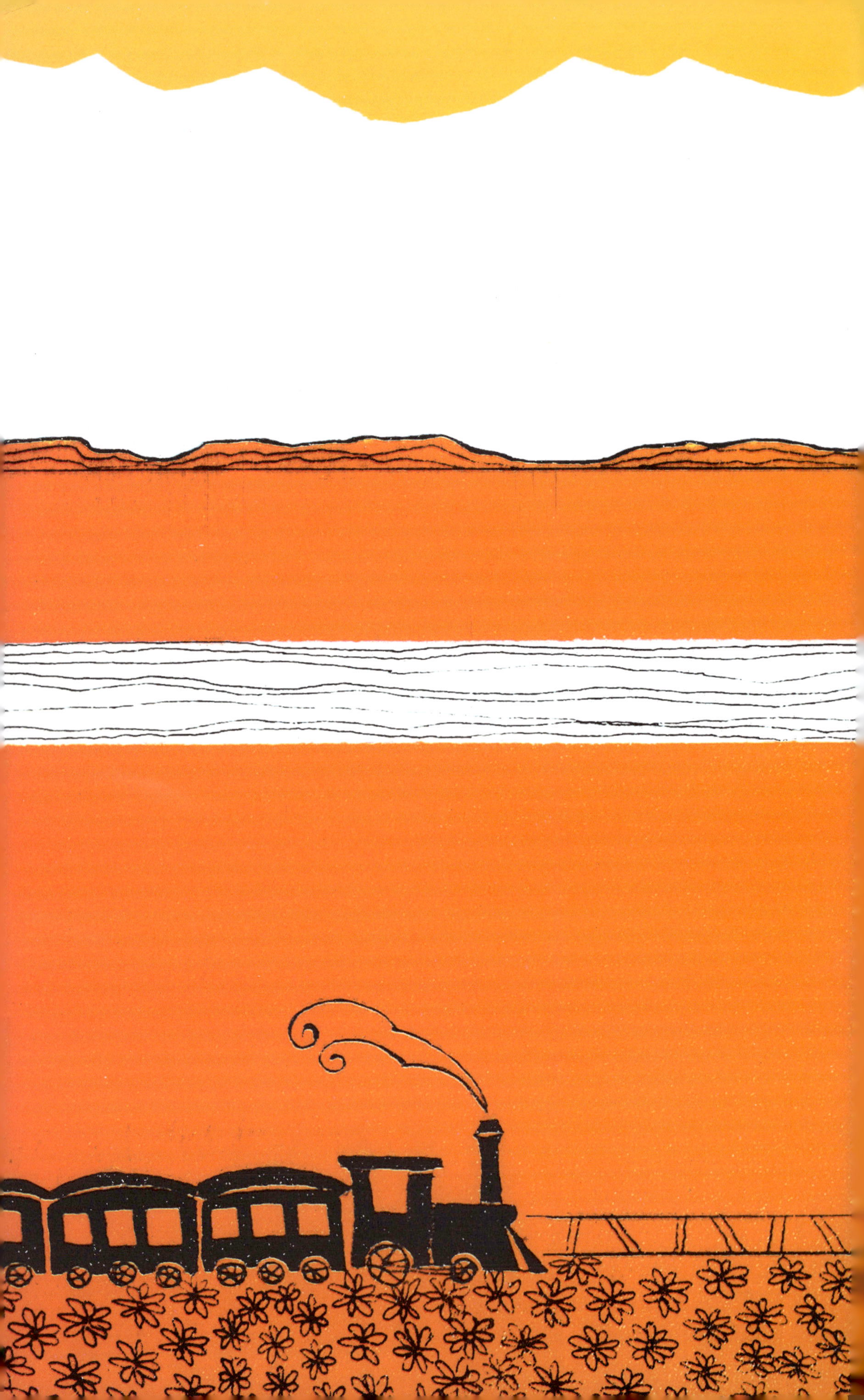

O CRAVO TAMBÉM SE MUDA,
DO JARDIM PARA O DESERTO,
DE LONGE TAMBÉM SE AMA
QUEM NÃO PODE AMAR DE PERTO.

NA MINHA HORTA PLANTEI
SEMENTES DE MARIANA,
NASCERAM CRAVOS E ROSAS
UMA ANGÉLICA COR DE CANA.

LÁ DOUTRO LADO DO RIO
ESTÁ UMA ROSA POR SE ABRIR;
QUEM ME DERA SER SERENO,
PARA NA ROSA CAIR!

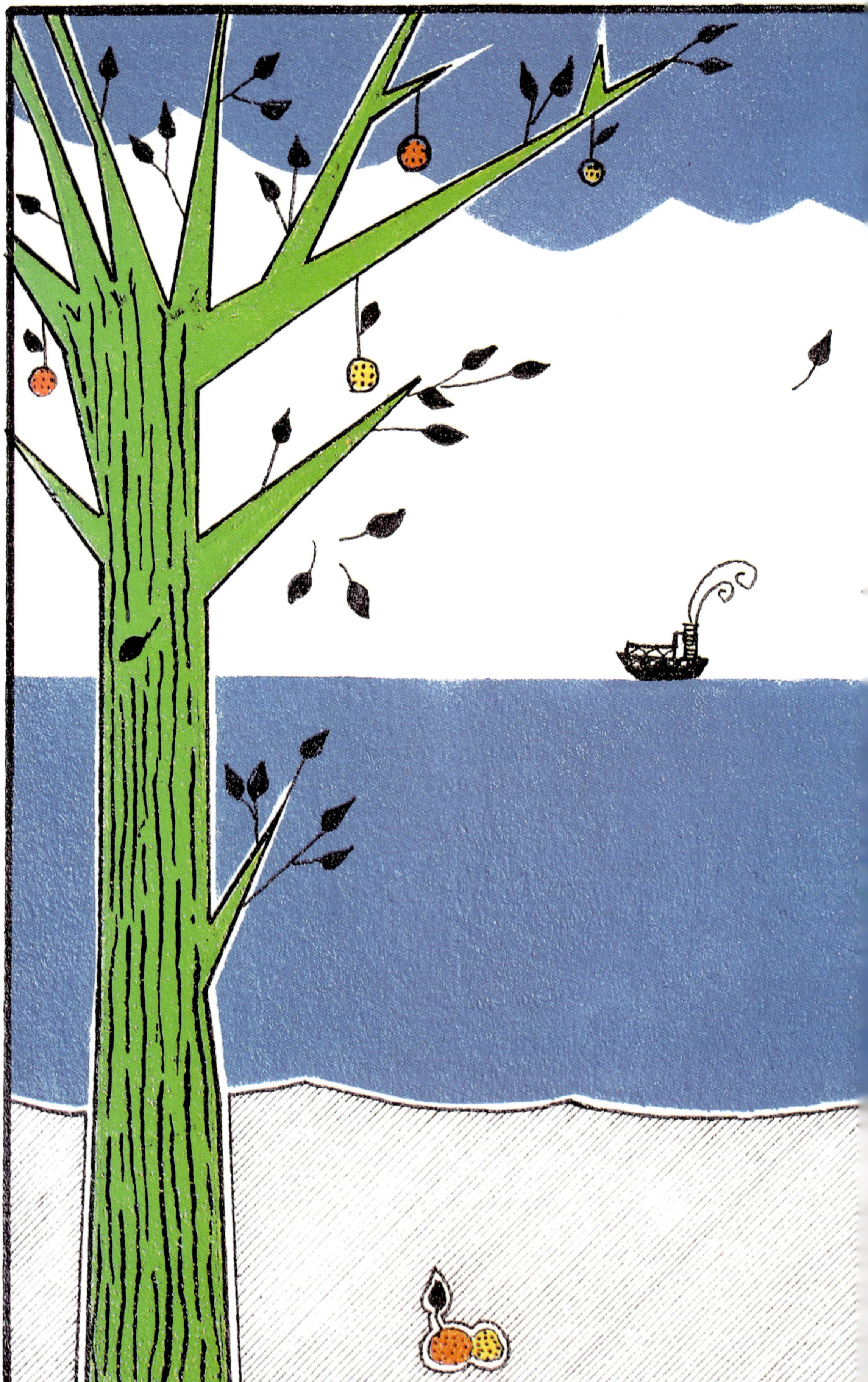

SE EU SOUBESSE COM CERTEZA
QUE TU ME TINHAS AMOR,
CAÍA NESTES TEUS BRAÇOS
COMO O SERENO NA FLOR.

– MINHA LARANJEIRA VERDE,
DE QUE ESTÁS TÃO DESFOLHADA?
"FOI DO VENTO DESTA NOITE,
SERENO DA MADRUGADA".

FUI AO MAR BUSCAR LARANJAS,
FRUTA QUE NO MAR NÃO TEM;
VIM DE LÁ TODO MOLHADO
DAS ONDAS QUE VÃO E VÊM.

LARANJEIRA DA FORTUNA
QUE SÓ DUAS LARANJAS DEU,
UMA QUE CAIU NO CHÃO,
OUTRA QUE MEU BEM COMEU.

DA LIMEIRA NASCE A LIMA
DE UMA SEMENTE QUE TEM,
NÃO PODE HAVER DESAVENÇA
DE DOIS QUE SE QUEREM BEM.

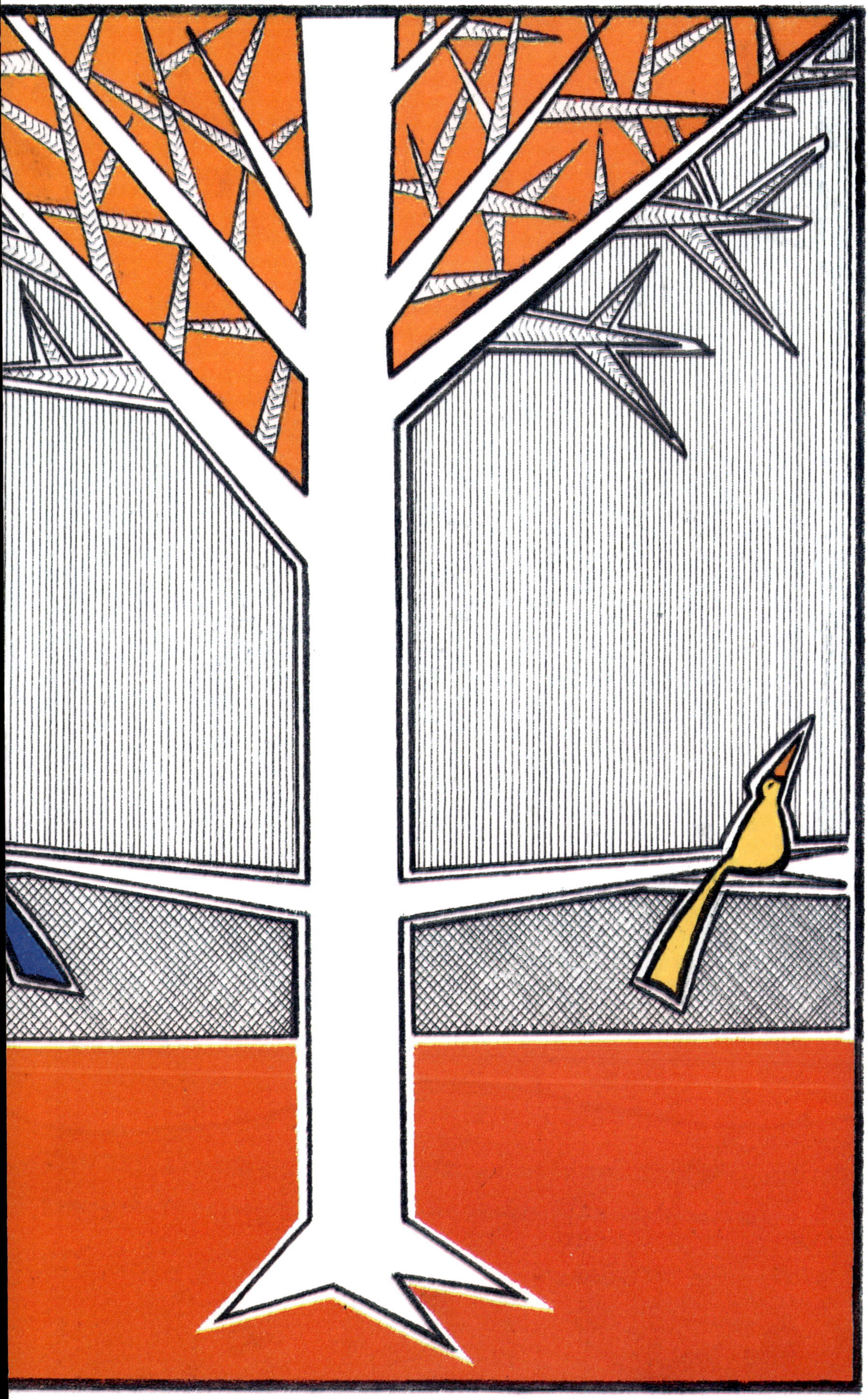

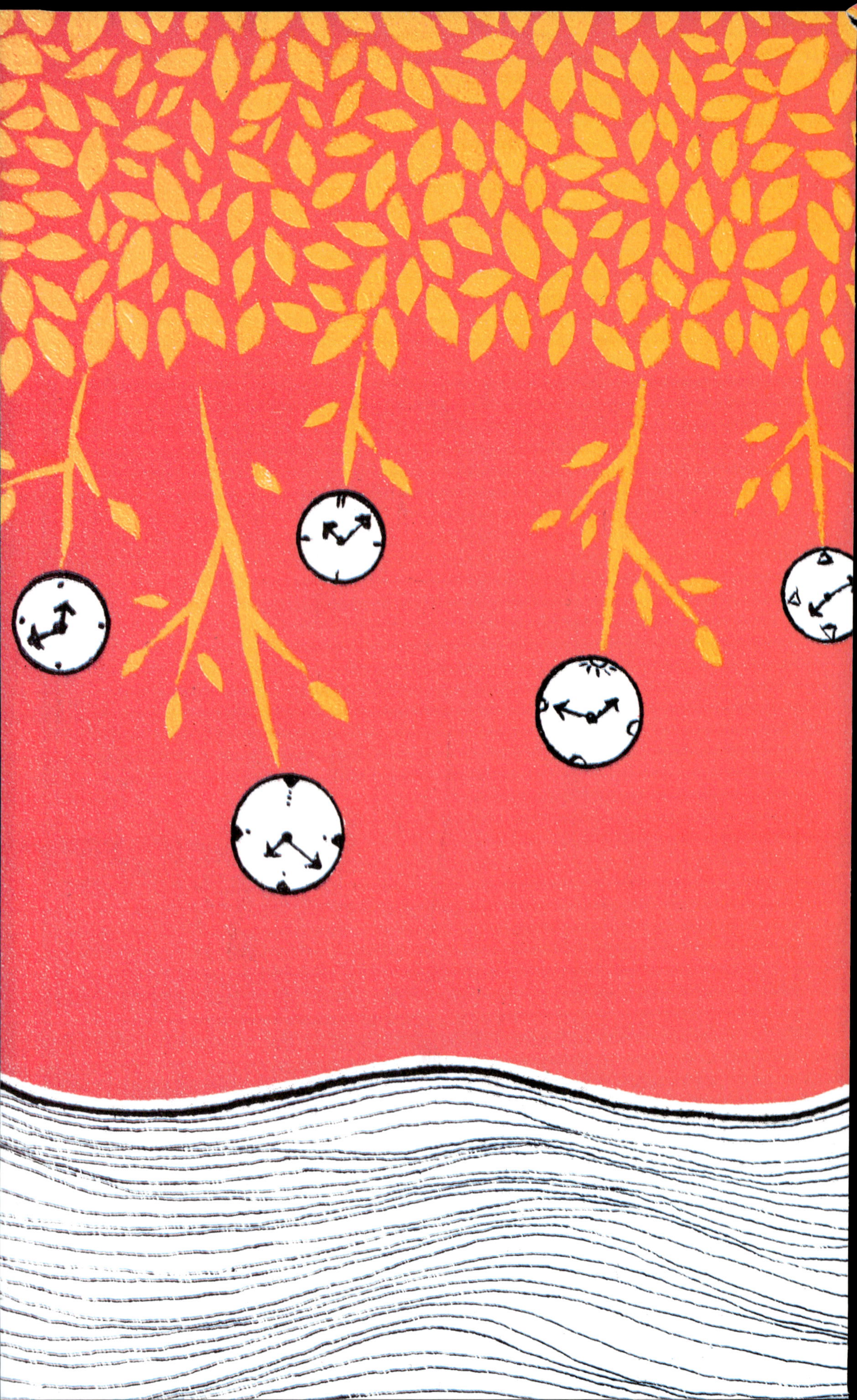

MANJERICÃO DOURADINHO,
DOURADINHO ATÉ O PÉ,
O MEU CORAÇÃO É TEU,
O TEU NÃO SEI DE QUEM É.

HEI DE FAZER UM RELÓGIO
DE UM GALHINHO DE POEJO,
PARA CONTAR OS MINUTOS
DO TEMPO QUE NÃO TE VEJO.

OS TEUS OLHOS MAIS OS MEUS
AMBOS TÊM UM PARECER,
MAS OS TEUS TÊM UM JEITINHO
QUE BOTA OS MEUS A PERDER.

MENINA DOS OLHOS GRANDES,
OLHOS GRANDES COMO O MAR,
NÃO ME OLHES COM TEUS OLHOS
PARA EU NÃO ME AFOGAR.

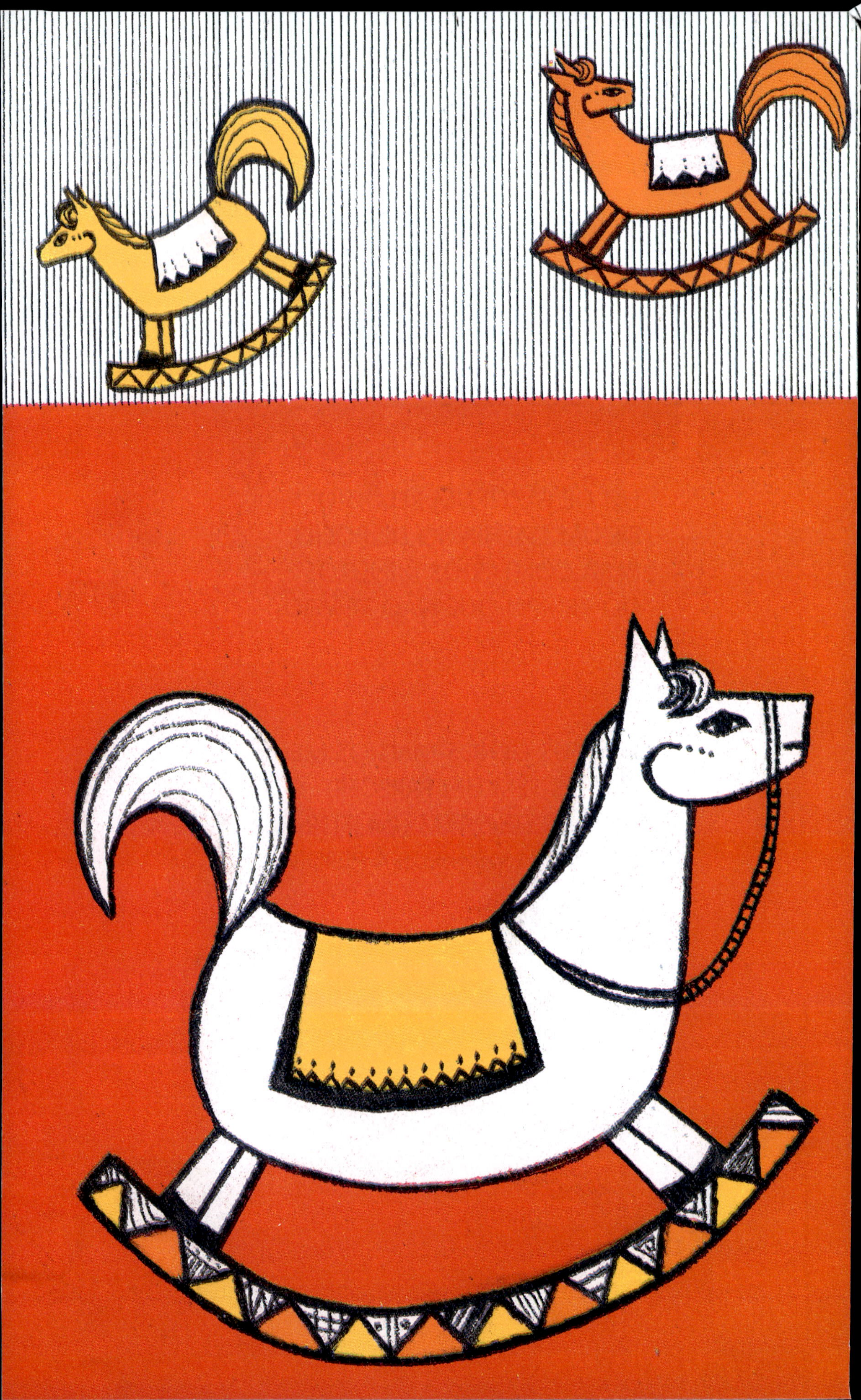

QUEM ME DERA TER AGORA
UM CAVALINHO DE VENTO,
PARA DAR UM GALOPINHO
AONDE 'STÁ TEU PENSAMENTO.

ESTAVA NO MEU CANTINHO,
NÃO MEXIA COM NINGUÉM,
VOCÊ FOI QUEM MEXEU COMIGO,
ANDE JÁ, ME QUEIRA BEM.

NO CIMO DAQUELE MORRO
TEM UMA ESCADA DE VIDRO,
POR ONDE SOBE MEU BEM,
POR ONDE DESCE CUPIDO.

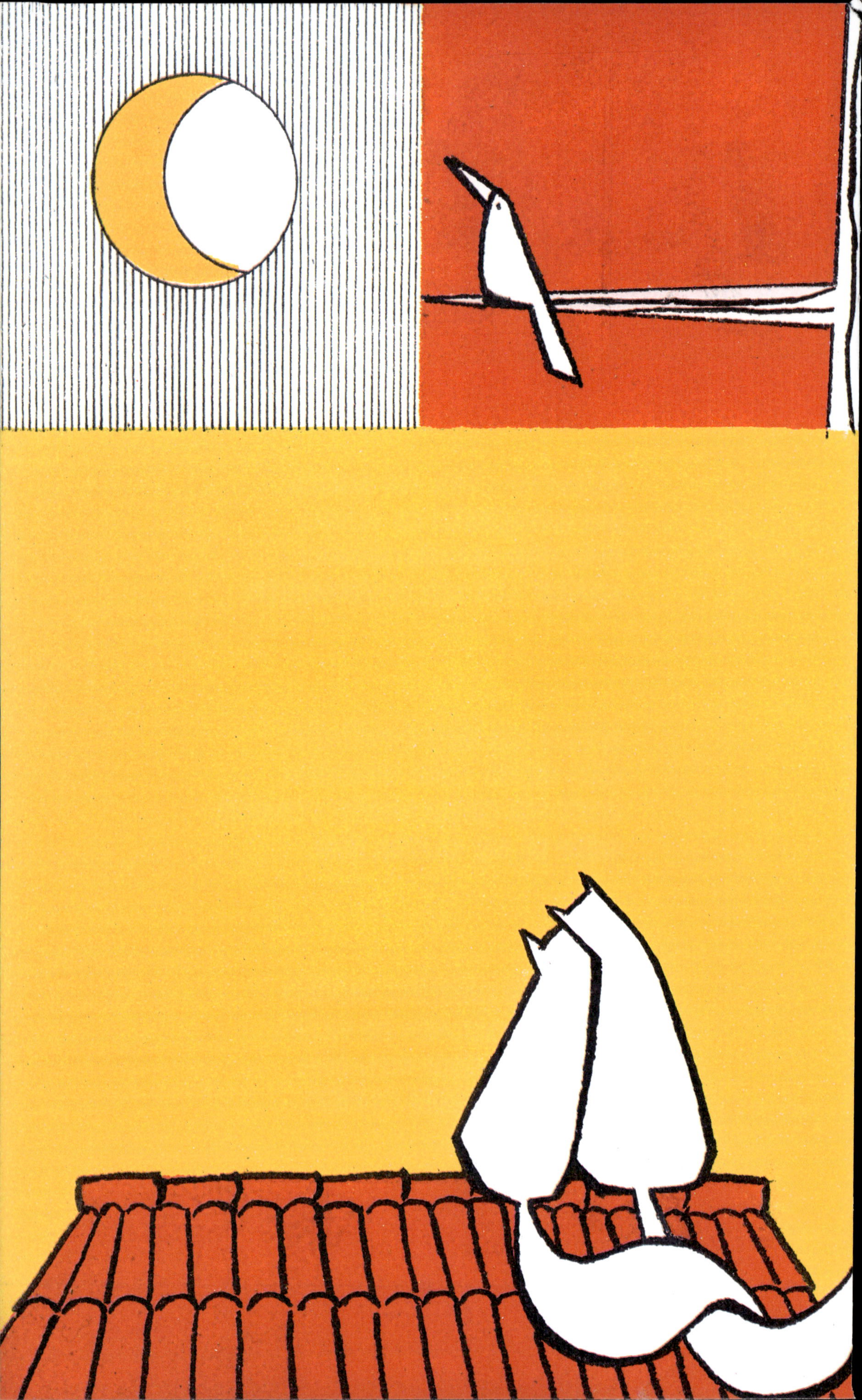

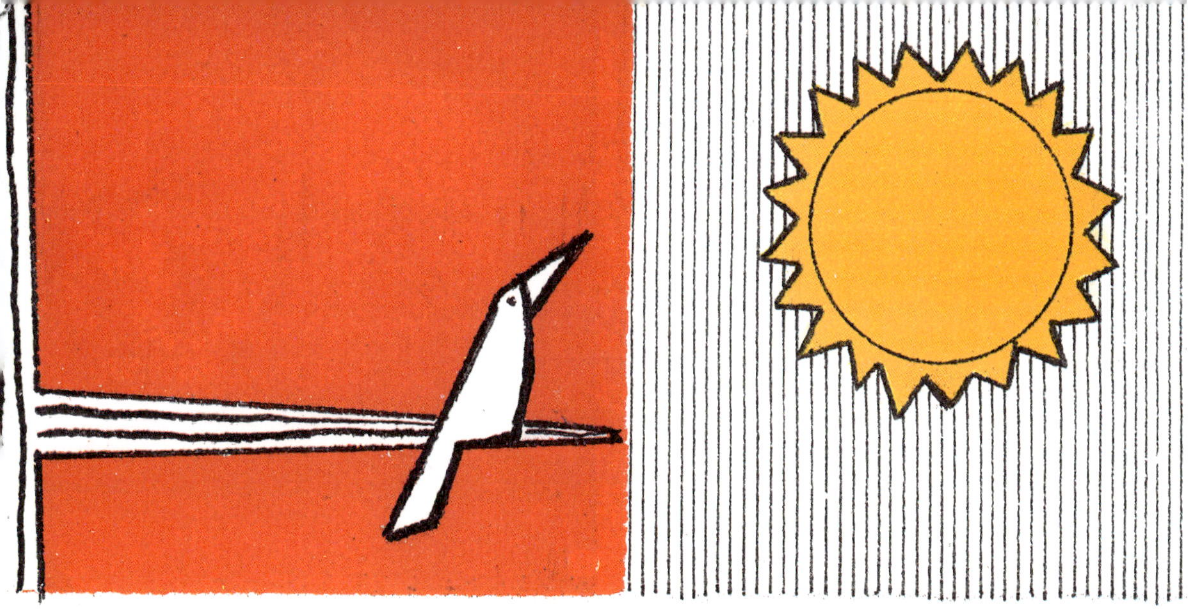

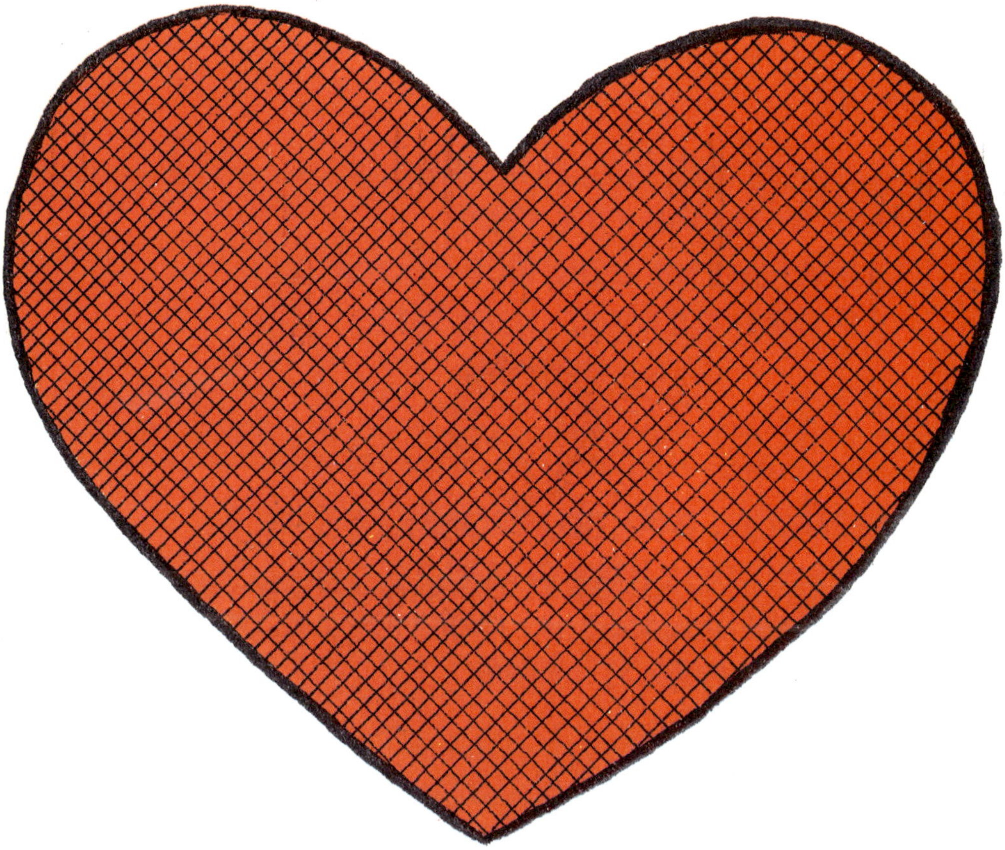

EU NÃO CANTO POR CANTAR,
NEM POR SER BOM CANTADOR,
CANTO POR MATAR SAUDADES
QUE TENHO DE MEU AMOR.

EU TE VI E TU ME VISTE,
TU ME AMASTE, E EU TE AMEI;
QUAL DE NÓS AMOU PRIMEIRO
NEM TU SABES, NEM EU SEI.

AGORA EU ME VOU EMBORA
PARA A SEMANA QUE VEM;
QUEM NÃO ME CONHECE CHORA,
QUE DIRÁ QUEM ME QUER BEM!

REI NASCEU PARA SEU TRONO,
OS PEIXINHOS PARA O MAR,
EU TAMBÉM NASCI NO MUNDO
SOMENTE PARA TE AMAR.

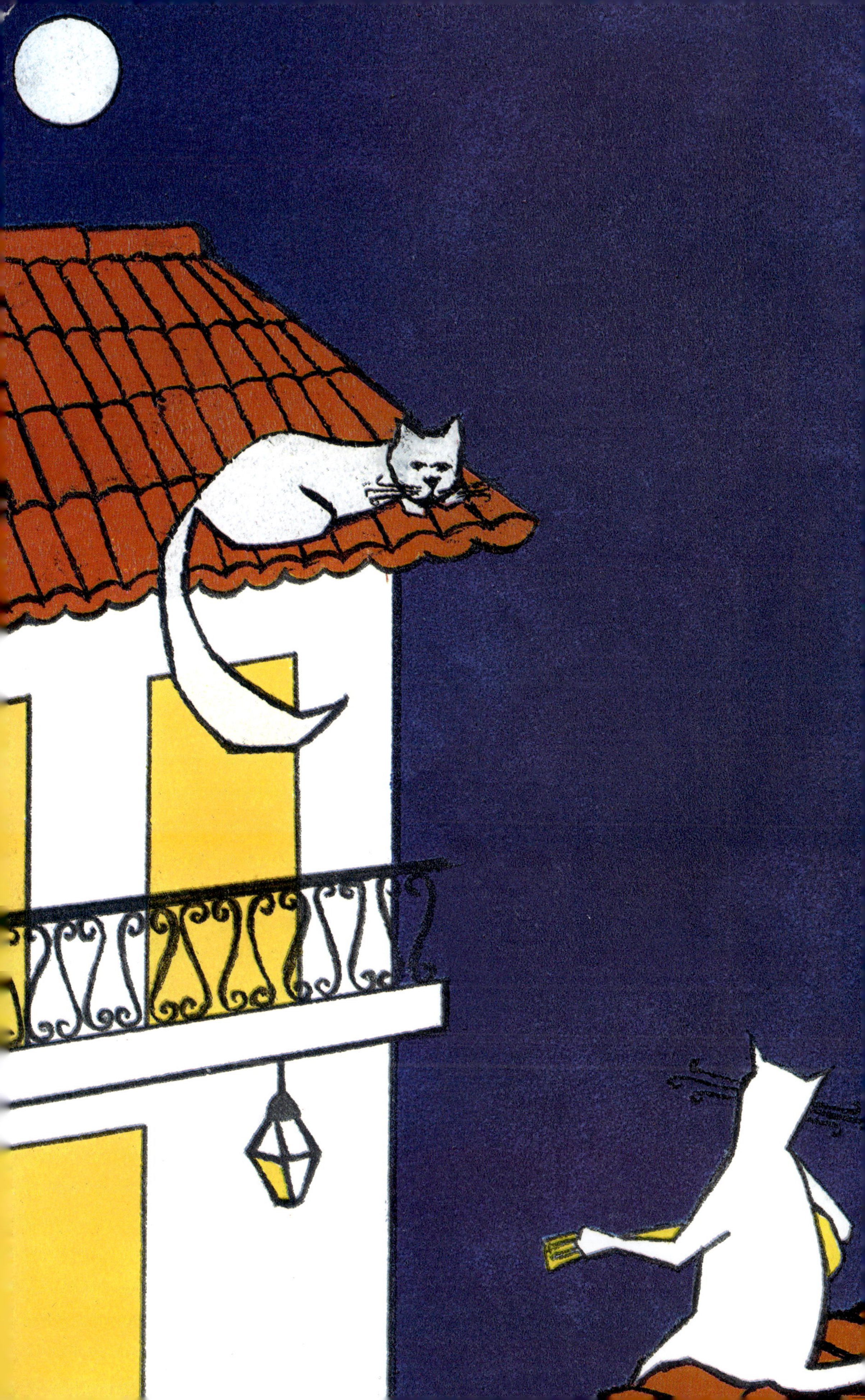

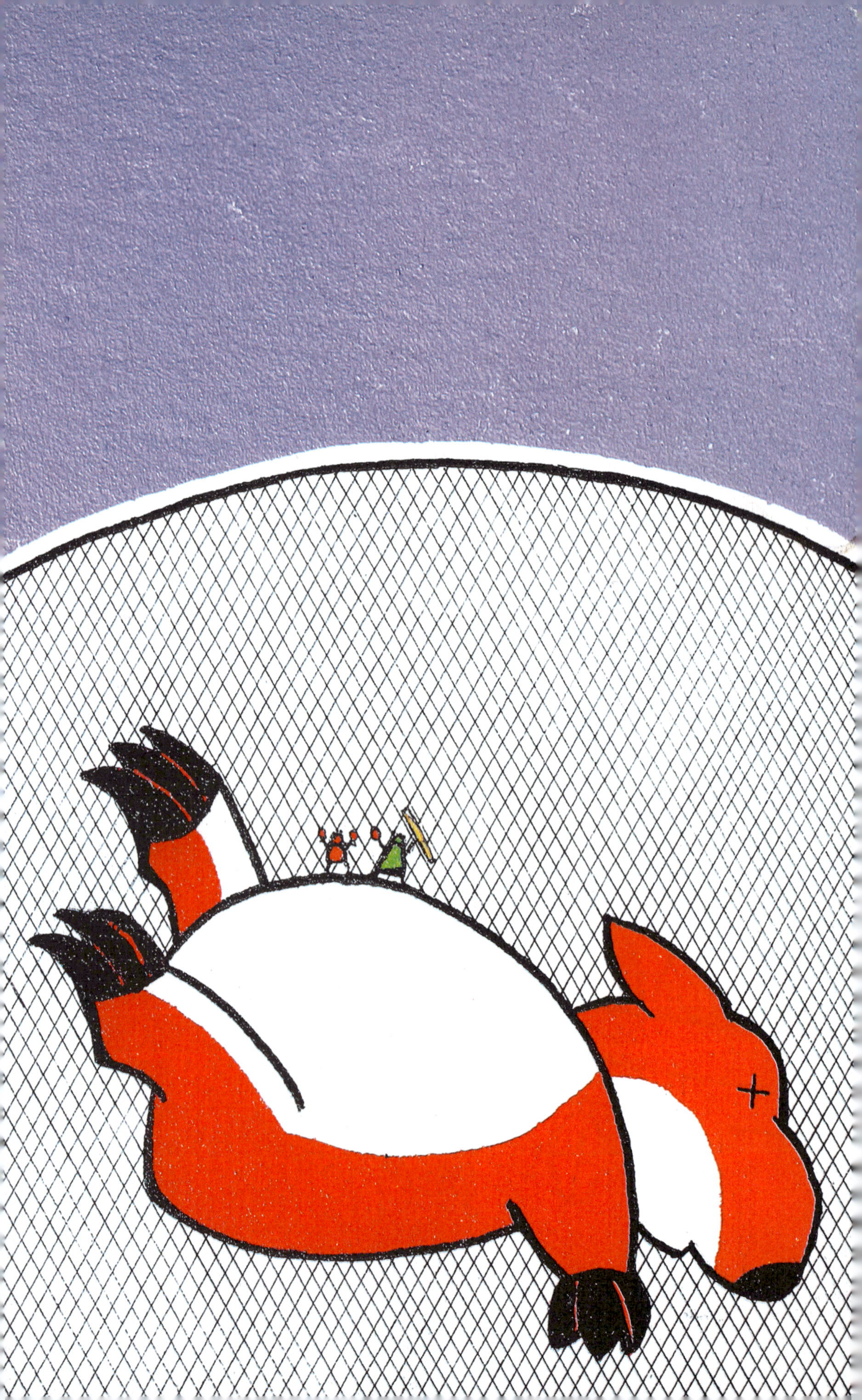

A PULGA ME DEU UM TAPA,
UM PIOLHO UM BOFETÃO,
DEPOIS FORAM SE GABAR
QUE ME BOTARAM NO CHÃO.

DA BAHIA ME MANDARAM
UM PRESENTE COM SEU MOLHO;
A COSTELA DE UMA PULGA,
O CORAÇÃO DE UM PIOLHO.

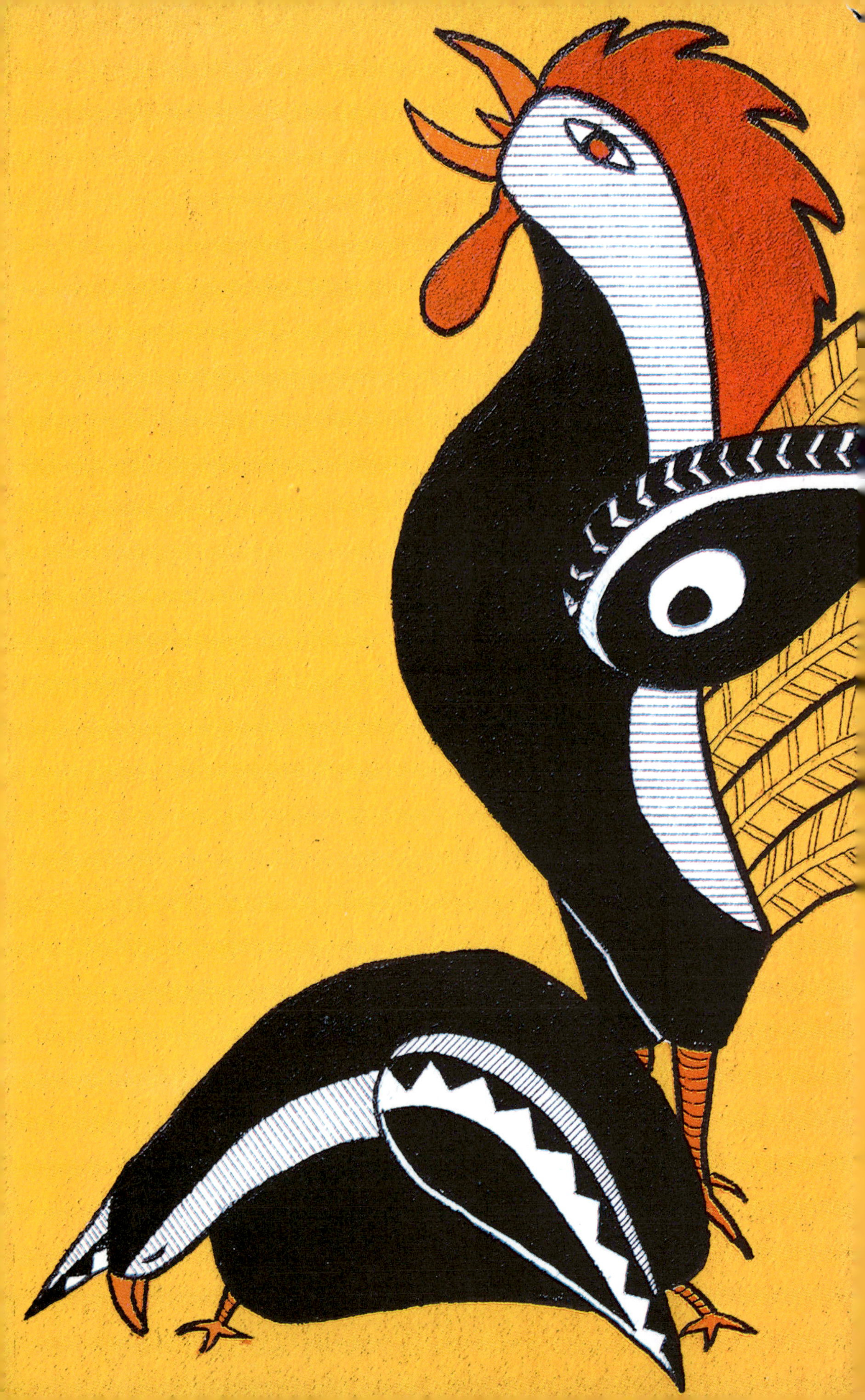

MINHA GALINHA PINTADA,
E MEU GALO CARIJÓ,
SE A MINHA GALINHA É BOA,
O MEU GALO INDA É *MIÓ*.

JÁ FUI GALO, JÁ CANTEI,
JÁ FUI SENHOR DO POLEIRO;
MAS HOJE, DESPREZADO,
NEM CISCO NO TERREIRO.

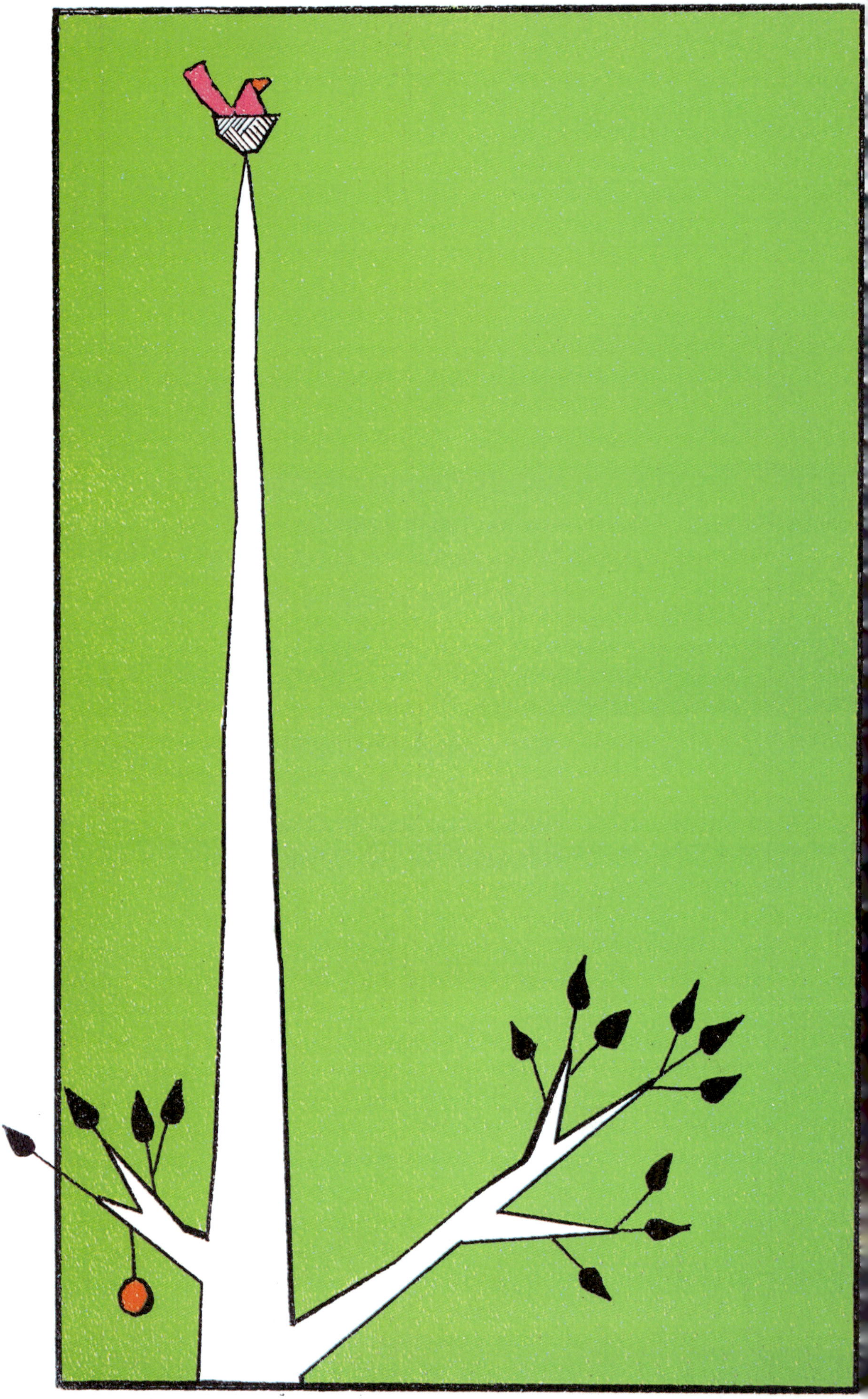

DESAFORO DO PASSARINHO,
ONDE FOI FAZER O NINHO,
NA MAIS ALTA LARANJEIRA,
NO DERRADEIRO GALHINHO.

COM PENA PEGUEI NA PENA,
COM PENA PRA TE ESCREVER.
A PENA CAIU DA MÃO
COM PENA DE NÃO TE VER.

PUS-ME A ESCREVER NA AREIA
COM PENINHAS DE PAVÃO,
PRA DAR A SABER AO MUNDO
QUE POR TI TENHO PAIXÃO.

TICO-TICO RASTEIRINHO,
TIRA O GALHO DO CAMINHO,
QUE A NOITE QUERO PASSAR,
TENHO MEDO DOS ESPINHOS.

NDA

CORRE, CORRE, MINHA POMBINHA,
VAI PRA O MATO TE ESCONDER,
QUE AQUI PASSA UM GAVIÃO
QUE JUROU DE TE COMER.

ESTA NOITE, À MEIA-NOITE,
OUVI CANTAR UMA CEGONHA;
PARECIA QUE DIZIA:
– SALTA DAQUI, SEM-VERGONHA!

NINGUÉM VIU O QUE VI HOJE:
UM MACACO FAZER RENDA,
TAMBÉM VI UMA PERUA
DE CAIXEIRA NUMA VENDA.

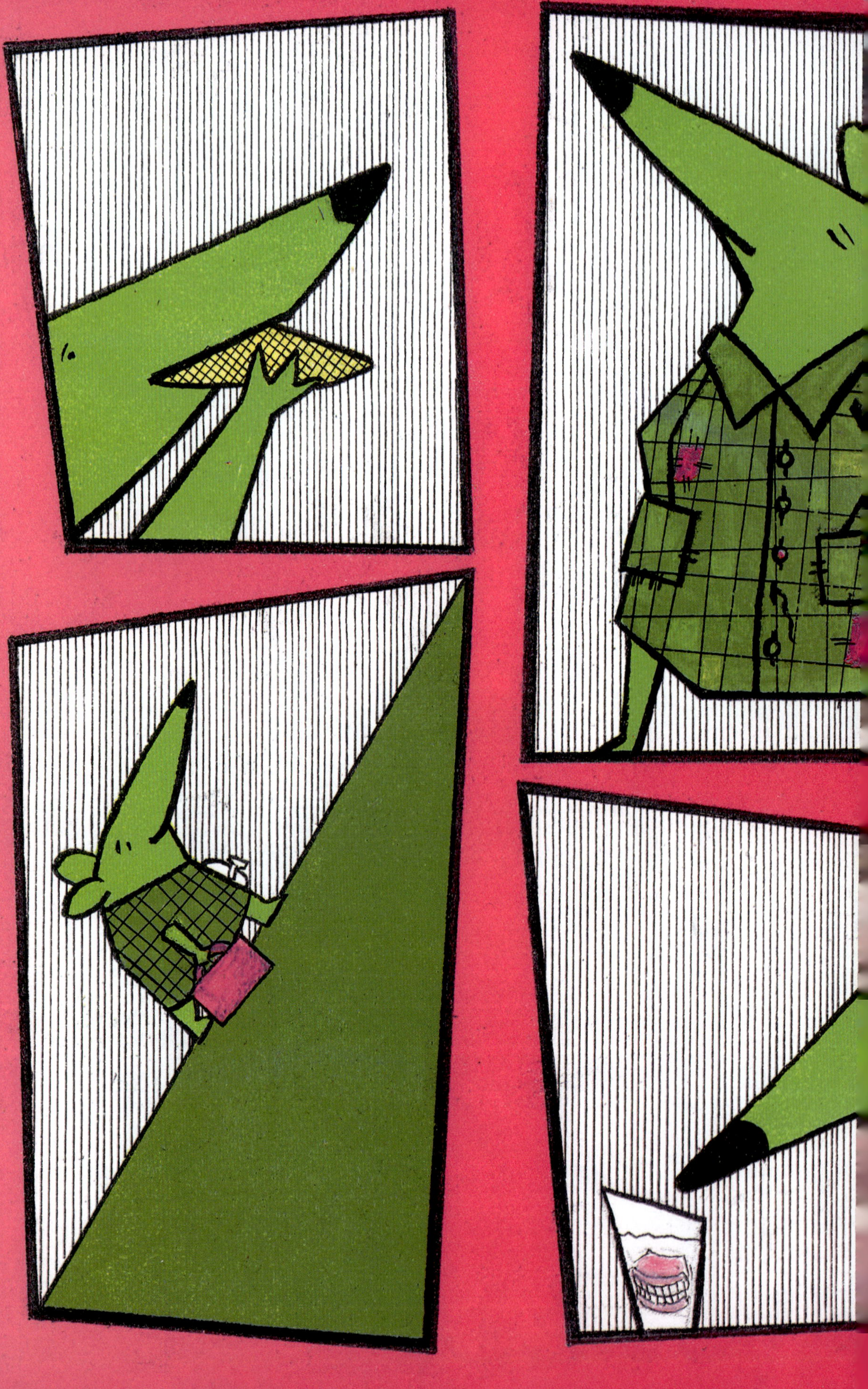

O TATU ME FOI À ROÇA,
TODA A ROÇA ME COMEU,
PLANTE ROÇA QUEM QUISER,
QUE O TATU QUERO SER EU.

O TATU É UM HOMEM POBRE
QUE NÃO TEM NADA DE SEU,
TEM UMA CASACA VELHA
QUE O DEFUNTO PAI LHE DEU.

O TATU É BICHO MANSO,
NUNCA MORDEU A NINGUÉM;
AINDA QUE QUEIRA MORDER
O TATU DENTES NÃO TEM.

O TATU SUBIU A SERRA
PRA SERRAR SEU TABOADO,
COM A SUA MALA DE FARINHA
E COM SUA PIPA DE MELADO.

Sílvio Romero

Sílvio Vasconcelos da Silveira Ramos Romero nasceu em 21 de abril de 1851, na Vila de Lagarto, então província de Sergipe. Quando tinha pouco mais de um mês, para protegê-lo de uma epidemia que atingiu a região onde moravam, seus pais o levaram para o engenho dos avós. Foi nesse ambiente cercado pela natureza que viveu até os cinco anos.

Dos 12 aos 16 anos, Sílvio estudou no Ateneu Fluminense, no Rio de Janeiro. Em 1868, mudou-se para Recife e cursou Direito. Nessa época, participou da fundação da "Escola do Recife", que reunia intelectuais e artistas que buscavam renovar a mentalidade brasileira. Pesquisador incansável, foi crítico, ensaísta, folclorista, professor e historiador da literatura brasileira.

De Antônia, a ama que lhe prestara cuidados e carinhos de mãe quando criança, aprendeu muitas histórias. Talvez tenha vindo daí seu interesse pelas coisas do Brasil. Homem feito, continuou encantado pelas narrativas contadas por velhas rendeiras da região onde morava. Esse amor pela tradição popular e a memória da infância o levaram a dedicar-se à pesquisa de fontes populares. Assim, com a paciência de bom ouvinte que era, recolheu muitas quadrinhas de diversos lugares do Brasil. As quadrinhas que você acabou de ler foram publicadas pela primeira vez em 1882, na obra *Cantos populares do Brasil*.

Rosinha

Rosinha é arquiteta, mas desenvolve atividades profissionais como ilustradora, artista plástica e formadora de leitores. Acredita que essas três áreas dialogam entre si e se complementam.

Pernambucana de Recife, hoje mora em Olinda e diz ter uma forte ligação com a cultura de suas duas cidades. É apaixonada por dança, música, culinária e artesanato nordestinos, o que se reflete nos traços de seus trabalhos de ilustração.

O movimento armorial, criado por Ariano Suassuna, inspirado na cultura popular, envolveu vários artistas e várias linguagens: pintura, música, teatro, dança, literatura. Gilvan Samico, importante gravurista, sempre exerceu grande fascínio sobre Rosinha. As imagens deste livro são uma carinhosa homenagem a esse grande artista.

Para ilustrar *Quadrinhas brasileiras*, a artista usou a técnica de acrílica.